Ely Macuxi

IRATY
O CURUMIM DA SELVA

ilustrado por
Mauricio Negro

Paulinas

Dados Internacionais de Catalogação na Publicação (CIP)
(Câmara Brasileira do Livro, SP, Brasil)

Macuxi, Ely
  Ipaty : o curumim da selva / Ely Macuxi ; ilustrações Mauricio Negro. – São Paulo : Paulinas, 2010. – (Coleção o universo indígena. Série Raízes)

  ISBN 978-85-356-2700-8

  1. Ensino fundamental 2. Indígenas da América do Sul – Brasil – Cultura 3. Povos indígenas – Brasil 4. Tupi – Vocabulários I. Negro, Mauricio. II. Título. III. Série.

10-08947   CDD-372.830981

Índices para catálogo sistemático:

1. Brasil : Povos indígenas : Língua tupi : Ensino fundamental   372.830981
2. Povos indígenas : Língua tupi : Brasil : Ensino fundamental   372.830981

1ª edição – 2010
3ª reimpressão – 2024

Revisado conforme a nova ortografia.

Direção-geral:	*Flávia Reginatto*
Editora responsável:	*Maria Alexandre de Oliveira*
Assistente de edição:	*Rosane Aparecida da Silva*
Copidesque:	*Ana Cecilia Mari*
Coordenação de revisão:	*Marina Mendonça*
Revisão:	*Sandra Sinzato*
Direção de arte:	*Irma Cipriani*
Assistente de arte:	*Sandra Braga*
Gerente de produção:	*Felício Calegaro Neto*
Produção de arte:	*Telma Custódio e Manuel Rebelato Miramontes*

Nenhuma parte desta obra poderá ser reproduzida ou transmitida por qualquer forma e/ou quaisquer meios (eletrônico ou mecânico, incluindo fotocópia e gravação) ou arquivada em qualquer sistema ou banco de dados sem permissão escrita da Editora. Direitos reservados.

Cadastre-se e receba nossas informações
paulinas.com.br
Telemarketing e SAC: 0800-7010081

Paulinas
Rua Dona Inácia Uchoa, 62
04110-020 – São Paulo – SP (Brasil)
(11) 2125-3500
editora@paulinas.com.br
© Pia Sociedade Filhas de São Paulo – São Paulo, 2010

A Daniel Munduruku,
parente que continua divertindo-se
e divertindo as crianças,
contando suas histórias da floresta e dos rios,
dos espíritos que habitam o nosso mundo indígena,
pelo apoio, compreensão e motivação.

Aos parentes indígenas que,
mantendo sua forma de viver tradicional,
demonstram ser possível conviver em harmonia,
curuminzando as aldeias e florestas.

Sou Ipaty, do povo indígena Macuxi, e nossa aldeia fica no estado de Roraima, norte do Brasil, bem próximo da fronteira com a Venezuela.

Os velhos de nossa aldeia contam que a vida começou no oco do pau de paxiúba. E que lá, na escuridão, moravam duas centopeias chamadas de Kaini e Yanki. Eles contam que certa vez choveu tanto, que alagou toda a terra... E a correnteza foi tão forte, que arrastou o tronco para o grande rio. Então, passados alguns dias, eles ficaram com fome e resolveram sair de dentro do tronco em busca do que comer. Mas não havia nada. Tempos depois, viram uma aranha caminhando sobre o tronco e perguntaram:

– Estamos com fome... Onde podemos caçar?

– Aqui não há o que comer, somente lá em cima – disse a aranha, apontando lá para o céu.

– Mas como vamos chegar lá em cima, se não temos asas para voar?

Nisso, ouviram uma voz rouca:

– Eu sei! – disse uma mariposa que passava por ali e havia parado para descansar.

– Você poderia nos levar até lá? – pediram Kaini e Yanki.

– Esse é o problema. Eu não tenho forças para levá-las até lá em cima. Estou cansada, com fome, e vocês são muito compridas e têm muitas pernas para eu dar conta – concluiu a mariposa.

— Já sei! — falou a aranha. — A mariposa pode me levar lá no alto e, depois, eu desço, fazendo uma teia por onde vocês podem subir.

E assim foi feito. Uma vez pronta a teia, as duas criaturas começaram a subir. Mas logo ficaram cansadas e fracas. Então, Kaini disse:

— Yanki, pegue uma das minhas pernas e coma.

Agradecida, Kaini retribuiu, dando-lhe também uma de suas pernas.

Mas a subida era longa e demorou muito, de sorte que, quando chegaram ao mundo de cima, elas tinham somente quatro pernas cada uma.

Como estavam muito cansadas e suas pernas não suportavam o peso do corpo, temeram despencar, então, resolveram fazer um ritual e pedir para o Criador diminuí-las de tamanho, pois tinham que caçar comida para os parentes do mundo de baixo.

Assim, Yanki e Kaini foram transformadas em homem e mulher, para que não deixassem faltar comida aos parentes que viviam no mundo da superfície.

Assim sendo, ao chegarem no mundo da superfície, encontraram a aranha e a mariposa, que logo lhe perguntaram:

– Vocês não viram duas criaturas que foram buscar comida lá em cima?

– Sim, nós vimos, sim. E elas mandaram muita comida para vocês – responderam os dois estranhos, com um leve sorriso de alegria pelo trabalho realizado.

Então, todos puderam saciar sua fome.

Depois, começaram a plantar mandioca, jerimum e milho, que, além de tudo, atraíam as caças e outros animais. Desse dia em diante, nunca mais faltou comida nas serras onde nasci.

O lugar onde nasci e me criei é maravilhoso, cheio de montanhas, vales e florestas. Nesse grandioso mundo, nós, indígenas, não só convivemos bem com os animais e os pássaros, como podemos caçar e coletar mel e frutas silvestres à vontade. Nossa aldeia fica bem no pé da serra, e daqui podemos ver as altas montanhas tocarem o céu.

Entre uma montanha e outra, encontramos piscinas naturais, com águas transparentes, onde é possível ver os pequenos peixes que ali se criam. É o nosso lugar predileto, pois podemos nadar e nos refrescar do intenso calor do verão. Nos extensos campos nos divertimos catando jabuti, correndo atrás das pacas, cutucando os buracos dos tatus, catando ovos das patas...

Outra diversão de que todo curumim gosta na aldeia é subir e descer de uma árvore que tenha casa de marimbondos, para desafiar um ao outro e ver quem sobe e desce sem levar uma única picada das vespas. É muito legal... Pena que, quando somos picados, ficamos doentes por uma semana.

Falando em diversão, nada melhor do que pular de uma grande castanheira para dentro do rio. A gente costuma subir até o "olho dela" e de lá saltar em plena queda livre, sentindo o vento no corpo, seguido do impacto com a água, ao romper sua superfície. Depois, experimentamos o frio das profundezas, a escuridão, a falta de ar e o medo de ser engolido pela piraíba ou por uma enorme sucuri. É inexplicável... Só experimentando para saber.

Havia uma brincadeira que eu fazia, que deixava o papai muito assustado: pegar pato selvagem embaixo d'água.

Quando eu via um pato descansando em cima de um pau ou sobre um matupá, pegava um pedaço de bambu para respirar, deslizava vagarosamente, feito um jacaré, pelo fundo até me aproximar do animal, agarrando-o pelos pés; depois de o bicho limpo e depenado, nós o assávamos e enchíamos o bucho.

Certa vez, vi um enorme pato sobre um tronco caído bem no meio do lago – um dos grandes – e resolvi pegá-lo. Lentamente, desci o barranco em direção ao pato, mas não me dei conta de que uma enorme sucuri estava de olho em mim. Naquele dia eu "vi a cobra fumar", pois, quando percebi, ela já estava quase me abocanhando... Desesperado, soltei um baita grito e bati fortemente na água, tentando afastá-la; em seguida, nadei desesperadamente para a margem.

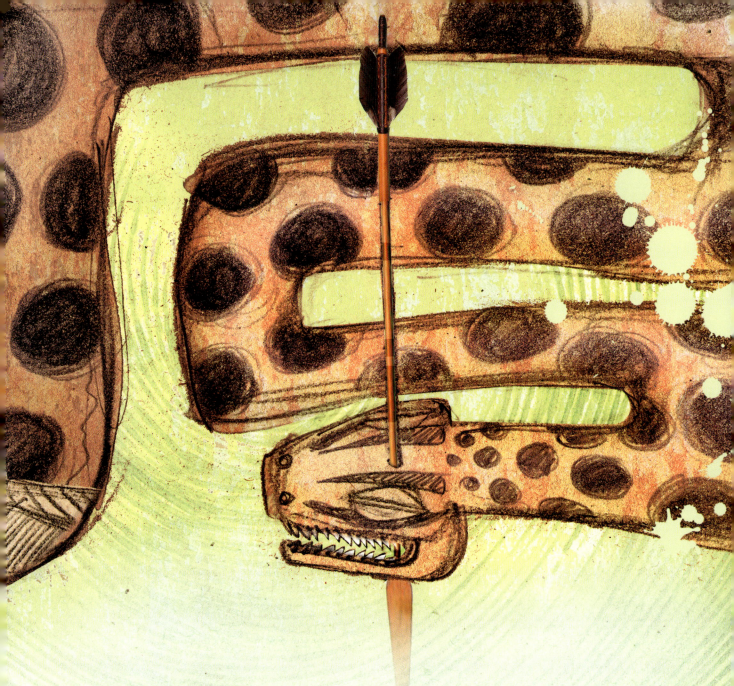

    O medo foi tão grande, que eu nadei mais rápido que a cobra. Porém, minha salvação foi o meu pai, que surgiu bem na hora em que ela ia dar o bote, acertando-lhe uma flechada na cabeça... Eu estava exausto, mas salvo.

    Ao longe se ouvia um barulho esquisito: "Quá, quá, quá" – eram os patos dando risada de mim... Depois daquele dia, nunca mais mergulhei para pegar pato pelos pés.

Certo dia, estava com fome, sedento por um animal de carne vermelha, e convidei um amigo:

– Tauã, vamos caçar porco-do-mato?

Assim, pegamos nosso arco e flecha e entramos na mata, como se fôssemos experientes caçadores. Após meia hora de caminhada, encontramos os primeiros rastros dos porcos; tempo depois, ouvimos o barulho deles e, lentamente, fomos nos aproximando, com nossos arcos empunhados.

– Veja, Ipaty, são muitos... Qual deles pegamos primeiro? – gritou Tauã, despertando a atenção dos animais.

– Faça silêncio! Assim você vai despertá-los e...

Mal acabei de falar, eles já se enfileiravam para o ataque, batendo fortemente os dentes e, com gritos ensurdecedores, partindo em nossa direção. Dessa vez, "vi a onça beber água", então gritei para o Tauã correr e subir na primeira árvore que pudesse.

De lá de cima dos galhos, ficamos observando os porcos, que irritados continuavam gritando muito e enfiando seus dentes no tronco da ingazeira. Os danados demoraram um bom tempo até irem embora.

Um deles – um enorme porco de dentes afiados –, ficou por ali, como se estivesse realmente aguardando o momento para nos devorar. Cansado de esperar, pensei num plano para nos livrarmos do dentuço:

– Tauã, você desce da árvore e atrai o porco para perto do rio... Enquanto isso, eu corro e vou buscar ajuda para te salvar.

– Você está maluco, e se o porco me pegar? Não, Ipaty, é muito perigoso. Essa eu não topo...

– Perigoso vai ser a surra que vamos levar se ficarmos mais tempo aqui na mata. Não vai me dizer que está com medo, Tauã?!

– Você já viu o tamanho dos dentes dele?!

– Está bem, quem desce da árvore sou eu. Distraio o porco e você vai buscar ajuda.

– Tá bem! Mas tome cuidado, ele está olhando com uma cara muito feia... – comentou Tauã, cheio de temores.

E, assim, saltei da árvore e corri em direção ao lago. O porco atrás de mim e eu na frente do porco. Não me lembro de ter corrido tanto na vida como naquele dia... Cansado, subi em outra árvore e o porco, feito uma anta raivosa, raspava o chão como se dissesse: "Desça daí, curumim!".

Não havia muito o que fazer, então esperei mais um tempinho, para que o danado do porco se distraísse; desci e corri em disparada até chegar ao rio, onde me atirei em um só salto...

Para minha surpresa, o porco também se jogou no rio. Mas foi o seu fim. Acostumado a mergulhar, puxei o porco pelos pés para o fundo até afogá-lo.

E esta é a história do porco que foi pego pelos pés.

Algum tempo depois, quando papai chegou, eu estava me deliciando com um pedaço de porco assado. Surpreso, soltou algumas gargalhadas e perguntou intrigado:

— Era esse o perigo que Ipaty estava enfrentando aqui na mata, Tauã?!

— Ipaty, o que foi que aconteceu? E o porco? – perguntou Tauã, sem entender nada.

— Não aconteceu nada, era só um porco bobo que teimou em me desafiar e acabou na fogueira.

Aqui na aldeia não existem maus-tratos, não falta comida nem moradia, e passamos o dia brincando, nadando, correndo nos campos... Papai diz que se fosse possível criar uma imagem de Aniké, nosso criador, seria a imagem de uma criança sempre alegre, carinhosa, confiante, esperançosa e cheia de amor para dar. Por isso que o nosso povo cuida tão bem dos curumins.

Um momento especial do dia é quando os mais velhos se juntam com as crianças para contar histórias; falar de nossos heróis; da valentia dos guerreiros contra os povos inimigos; das grandes caçadas; da luta dos homens contra os espíritos maus que habitam as florestas.

Era tão legal esse momento do dia que, quando eles paravam de narrar as histórias e se retiravam, eu e o Tauã continuávamos reunidos para contar outras histórias. Na maioria das vezes, aumentávamos um pouquinho o tamanho da cobra, do boto, do dente do curupira e dos braços da mãe-d'água.

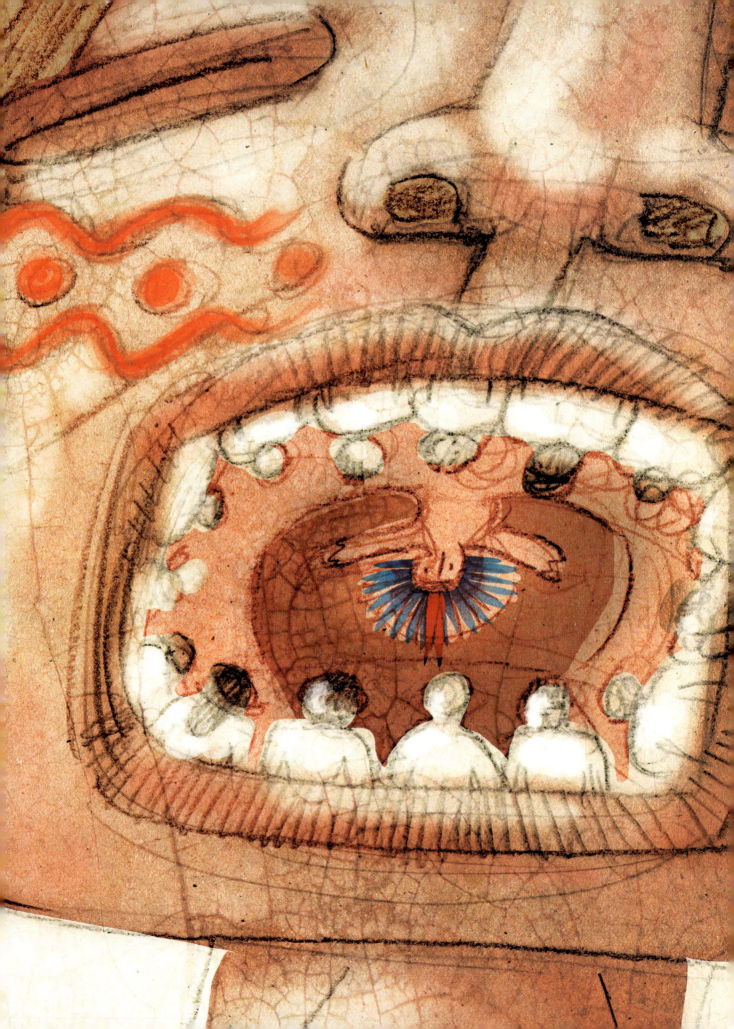

— Minha mãe contava a história de uma moça chamada Maraí – comentou Tauã – que, após um dia de trabalho no roçado, resolveu tomar banho no lago e, de tão cansada, adormeceu. Dormindo, sonhou que encontrava um belo rapaz na margem do rio. Um rapaz que, ao envolvê-la em seus braços, fizera-lhe um encantamento.

Quando acordou, sentiu algo estranho em sua barriga. Sem saber o que estava acontecendo, lembrou-se do sonho e resolveu visitar o pajé para tomar algum remédio. Mesmo com a ajuda do pajé, sua barriga continuava crescendo. Os dias se passaram, e ela deu à luz a duas cobras gêmeas.

— Cobras gêmeas? – intervim. – Como saber quem era quem? Cobras não são parecidas, iguaizinhas?

— Tá legal, retiro as gêmeas, mas me deixa contar a história do meu jeito. Você não pode intrometer-se, agora é minha vez de contar e não a sua! – reclamou Tauã, descontente com a minha intervenção.

— Desculpe, desculpe, você tem razão, prometo não atrapalhar – desculpei-me, querendo ouvir ansiosamente o fim da história.

— Para não ser malvista pelos parentes na aldeia, ela jogou as cobras no rio e foi procurar o pajé para contar o ocorrido. O pajé, então, censurou-a por ter se relacionado com a cobra Eteju, dizendo que ela estava encantada e que todos os seus filhos sempre teriam a aparência de cobra. Então disse o velho pajé:

– Você só quebrará o panema quando encontrar a grande sucuri Eteju e lhe tocar a testa com um beijo.

A moça, desesperada, procurou a cobra gigante nas margens do rio. Muitos advertiram, dizendo que ela não conseguiria, pois Eteju era conhecida como "a devoradora de pescadores".

Certa vez, já cansada de tanto procurar, sentou-se sobre um tronco de árvore caída e dormiu. Ao anoitecer, Eteju se aproximou da bela jovem, que ainda dormia pesadamente, e a carregou para onde se encontravam seus filhotes cobras...

Quando ela acordou, deu de cara com a enorme serpente; decidida, aproximou-se e tocou-lhe a testa com um beijo, como havia dito o pajé. Instantaneamente, a gigante sucuri transformou-se num belo guerreiro, quebrando a maldição. Em seguida, o guerreiro tomou-a nos braços e a levou de volta para a aldeia.

Conta-se que Maraí casou com o guerreiro e que tiveram muitos outros filhos. Porém, ela nunca deixou de cumprir o ritual para tentar quebrar o feitiço dos dois filhos, que até hoje vivem como serpentes, nos rios da Amazônia.

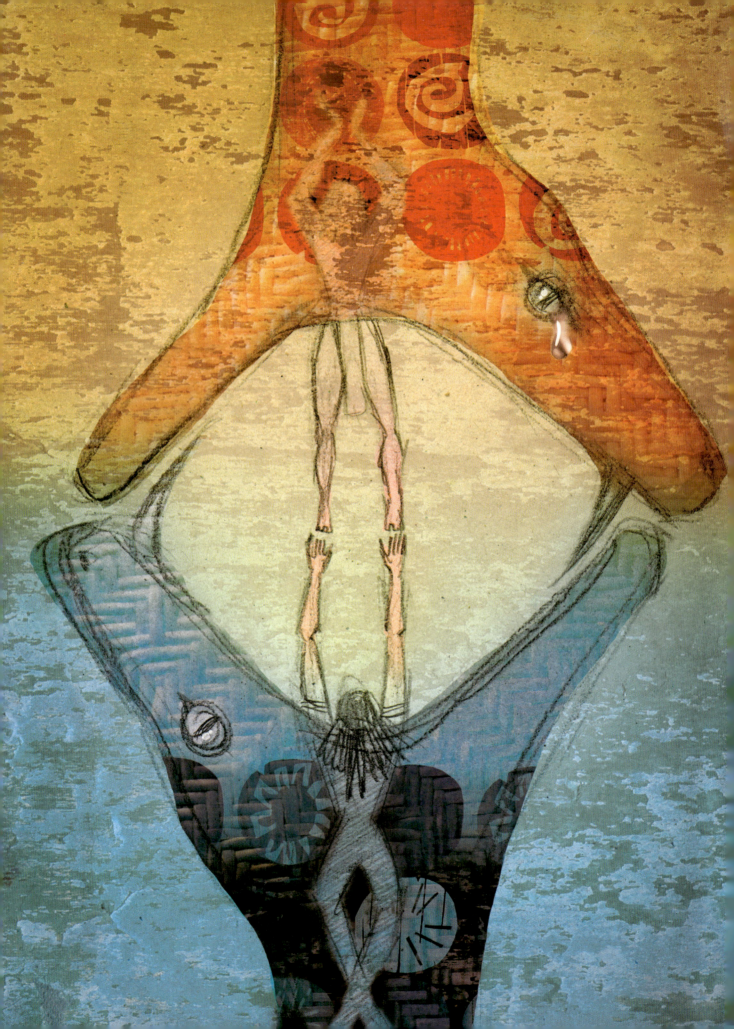

— Eu sei de uma história que é bem parecida com a sua, Tauã, e que foi contada pelo meu avô – comentei.

— Então conta... Quero ouvir...

Havia uma moça que teimava em namorar muitos parentes da aldeia, até parentes que não poderia namorar. Certa vez, ela estava namorando às escondidas perto do rio, quando foi laçada por uma sucuri e puxada para o fundo do rio.

Quando todos pensavam que havia morrido, ela reapareceu na aldeia grávida, dando à luz a duas crianças que, na verdade, eram cobras. Um menino, que recebeu o nome de Piritu, e uma menina, chamada Warimã.

— Não eram gêmeas? – perguntou Tauã, satirizando a história.

— Não, eram muito parecidas, mas não eram gêmeas...

Envergonhada, a mãe jogou as duas crianças no rio para sacrificá-las. Porém, elas não morreram, tornando-se enormes sucuris.

Piritu era bom, mas sua irmã Warimã era muito perversa, devorando todos os pescadores que se aventurassem a pescar à noite. Eram tantas as maldades praticadas por ela, que Piritu acabou por matá-la, pondo fim às suas perversidades.

Depois disso, em algumas noites de luar, Piritu perdia o encanto e voltava à aparência humana e se transformava em um belo guerreiro, deixando as águas para levar uma vida normal na aldeia. Mas, quando se aproximavam as primeiras luzes do dia, a tristeza reacendia dentro do jovem guerreiro, que voltava a ter a aparência de cobra.

Para que se quebrasse definitivamente o encanto de Piritu, era preciso que alguém tivesse a coragem de derramar leite em sua boca e causasse um ferimento em sua cabeça até sangrar, enquanto ele estivesse na forma de cobra.

Porém, ninguém tinha coragem de enfrentar o poderoso animal. Até que a própria mãe resolveu enfrentá-lo e libertá-lo da maldição. Assim sendo, ele deixou de ser cobra-d'água, para viver na terra como homem ao lado de sua família.

– Então, gostou, Tauã?

– Sim, muito legal. São duas histórias muito parecidas, mas não são iguais – comentou Tauã.

São essas e muitas outras histórias que contamos em nossas reuniões, ou em qualquer lugar por onde andamos, seja no banho de rio, seja no roçado.

Amanhã vou sentar embaixo da goiabeira, conversar com os passarinhos e pedir que eles levem as minhas histórias para bem longe, para outras pessoas conhecerem e, depois, contá-las.

Glossário

ÁRVORE DA VIDA: 1. Concepção sobre a origem do mundo e da vida a partir de uma "árvore ancestral" (ou floresta). Na concepção do povo Ticuna (Tukuna), do Amazonas, a vida, os animais, os rios, as plantas, a língua, o clã se originaram a partir da "Árvore do Eware", ou da Sumaúma. 2. A concepção de vida está ligada às árvores (natureza), porque são delas que se extrai todo o alimento necessário à sobrevivência física e cultural dos povos indígenas e dos animais, como mandioca, açaí, tucumã, pupunha, jenipapo, castanha (alimento); retira-se o mulateiro, a seringueira, o marupá, a copaíba, a andiroba, a carapanaúba (remédio), paxiúba, tururi, paracuuba, muirapiranga, sapopema, cipó, tucum (artesanatos).

MATUPÁ: Origina-se do tupi, *matupa*. O termo designa porção de terra, com vegetação, que se desprende das barrancas dos rios da bacia do Amazonas e desce à deriva da correnteza; o mesmo que terra caída. Matupá é a massa compacta de capim aquático encontrado à beira dos rios, lagos ou em terras flutuantes, desgarradas da margem ribeirinha por ação de enchentes e que desce água abaixo. Essa massa coberta de canarana e mururé é vegetação tipicamente amazônica. Quando se prende nas margens dos rios, serve de abrigo para alguns pássaros como jaçanãs e mergulhões.

MUNDO DE CIMA E MUNDO DE BAIXO: Concepção cosmológica – visão de mundo – de alguns povos indígenas que acreditam que o mundo está dividido e habitado em duas dimensões: os povos que habitam a superfície da terra e os que habitam a parte debaixo da terra.

PANEMA: 1. Crença na panema ou panemice. Uma força mágica, não materializada, que à maneira do *mana* dos polinésios é capaz de infectar criaturas humanas, animais ou objetos. Panema é, porém, um *mana* negativo. Não empresta força ou poder extraordinário, ao contrário, incapacita o objeto de sua ação. Panema entrou no linguajar popular da Amazônia com o significado de má sorte, desgraça, infelicidade. 2. Incapacidade, talvez a melhor interpretação. Não se trata propriamente de infelicidade ocasional, má sorte, azar, mas de uma incapacidade de ação, cujas causas podem ser reconhecidas, evitadas e para as quais existem processos apropriados.

PAXIÚBA: Nome científico *socratea exorrhiza*, também conhecida como castiçal. Palmeira, de grande porte (de 25 a 30 metros de altura), muito comum na Amazônia brasileira, principalmente em áreas de solos arenosos e encharcados, próximos dos igarapés. O uso da madeira da paxiúba pelos indígenas é antigo, principalmente para a confecção de utensílios como as flautas. As comunidades ribeirinhas fazem ripas do lenho dessa palmeira, que é muito resistente, para suas construções rústicas e a utilizam também em ornamentações e medicina popular. Já o estipe é usado em mobílias de luxo, objetos de adorno, painéis, lambris, réguas de cálculo, esquadrias, folhas, venezianas, rodapés.

PIRAÍBA: Nome científico *brachyplathystoma filamentosum*, da família *pimelodidae*. Peixe de couro das águas doces, é a maior espécie da América do Sul e uma das maiores em todo o mundo — atinge mais de 2,8 metros e pesa cerca de 150 quilos. Sua coloração é cinza-escuro, chumbo ou levemente azulada; de corpo roliço e cabeça grande, sua enorme boca permite capturar grandes peixes. O ventre tem cor branca, as extremidades dos barbilhões maxilares ultrapassam as nadadeiras abdominais. Para muitos indígenas, a piraíba não é comestível, pois conforme suas crenças é um peixe feroz, que costuma engolir os homens que se aventuram a mergulhar nas águas fundas dos rios.